Prudencia se preocupa

KEVIN HENKES

Traducido por Teresa Mlawer

EVEREST

Para Phyllis, que nunca se preocupa

Título original: *Wemberly Worried*

Traducción: Teresa Mlawer

SEGUNDA EDICIÓN

Copyright © 2000 Kevin Henkes
Published by arrangement with Harper Collins Children's Books,
a division of Harper Collins Publisher, Inc.

© EDITORIAL EVEREST, S. A., para la edición española
Carretera León-La Coruña, km. 5 - LEÓN
ISBN: 84-241-8098-4
Depósito Legal: LE. 144-2002
Printed in Spain - Impreso en España

EDITORIAL EVERGRÁFICAS, S. L.
Carretera León-La Coruña, km. 5
LEÓN (España)

Prudencia se preocupaba por todo.

Por cosas grandes,

QUERÍA ESTAR
SEGURA DE QUE
NO ESTABA SOLA
EN CASA.

por cosas pequeñas,

y por
cosas insignificantes.

Prudencia se preocupaba por la mañana.

Se preocupaba por la noche.

Y durante todo el día.

—Te preocupas demasiado —le decía su mamá.

—Si te preocupas, yo también me preocupo —le
decía su papá.

—No es bueno preocuparse tanto —le decía su abuela.

Prudencia se preocupaba
por el árbol del jardín,

¿Y SI CAE SOBRE NUESTRA CASA?

por la grieta

de la pared de la sala,

y por el ruido de la calefacción.

Cuando iba al parque, Prudencia se preocupaba

por las cadenas del columpio,

por las tuercas del tobogán

y por las barras del puente.

Y siempre se preocupaba por Pétalo, su muñeca.

¿NO DEBERÍA TENER PÉTALO SU PROPIO ASIENTO?

NO, CARIÑO, AQUÍ ESTÁ.

¡PÉTALO SE HA PERDIDO PARA SIEMPRE!

PÉTALO, DE AQUÍ NO ME MUEVO.

—No te preocupes —le decía su mamá.

—No te preocupes —le decía su papá.

Pero aun así, se preocupaba.

Se preocupaba todo el tiempo.

Cuando se preocupaba mucho, Prudencia le frotaba las orejas
a Pétalo. Y luego se preocupaba al pensar que si no dejaba
de preocuparse, Pétalo se quedaría sin orejas.

El día de su cumpleaños, Prudencia
pensó que nadie iría a su fiesta.

—Ves —le dijo su mamá—, no tenías por qué preocuparte.

Pero entonces, Prudencia se preguntó si habría suficiente pastel de cumpleaños para todos.

Llegó el día de Halloween, y a Prudencia
le preocupaba que todo el mundo fuese
disfrazado de mariposa, como ella.

—Ves —le dijo su papá—, no tenías por qué preocuparte.

Pero entonces le preocupó ser la única mariposa.

—Te preocupas demasiado —le decía su mamá.

—Si te preocupas, yo también me preocupo —le decía
su papá.

—No es bueno preocuparse tanto —le decía su abuela.

Prudencia tenía una nueva preocupación: el colegio.

Ahora lo que más le preocupaba en el mundo

era el comienzo de las clases.

Cuando llegó el día de empezar el colegio, su lista

de preocupaciones era larguísima.

¿Y si soy la única que tiene un lunar?

¿Y si soy la única que lleva un
vestido de rayas?

¿Y si soy la única
con muñeca?

¿Y si
la maestra
es mala?

¿Y si el aula
huele mal?

¿Y si se ríen
de mi nombre?

¿Y si no encuentro
el lavabo?

¿Y si no me gusta
la merienda?

¿Y si me
entran ganas
de llorar?

—No te preocupes —le decía su mamá.

—No te preocupes —le decía su papá.

Pero aun así, se preocupaba.

Estaba muy, muy preocupada.

Se preocupó todo el camino hasta llegar al colegio.

¡DIVIÉRTETE!

Mientras sus papás conversaban con la señorita Petronela,

Prudencia miraba alrededor del aula.

Entonces, la señorita Petronela le dijo:

—Prudencia, quiero que conozcas a alguien.

Se llamaba Azucena.

Estaba solita en un rincón.

Tenía una camiseta a rayas.

Y una muñeca en los brazos.

Al principio se miraron de reojo.

—Ésta es Pétalo —le dijo Prudencia.

—Ésta es Misu —indicó Azucena.

Pétalo saludó a Misu.

Y Misu le devolvió el saludo.

—¡Hola! —dijo Pétalo.

—¡Hola! —respondió Misu.

—Yo le froto las orejas —dijo Prudencia.

—Y yo la naricita —confesó Azucena.

Durante toda la mañana, Prudencia y Azucena

se sentaron una al lado de la otra,

y jugaron juntas la mayor parte del día.

A ratos, Prudencia se seguía
preocupando, pero ya
cada vez menos.

Antes de que Prudencia
se diera cuenta, llegó la
hora de regresar a casa.

La señorita Petronela acompañó a los niños a la puerta:

—¡Nos vemos mañana!, ¿verdad? —les dijo.

Prudencia se volvió sonriendo

y se despidió con la mano:

—Desde luego. No se preocupe.